거울 속 남자

김덕남

경북 경주 고란 출생.
2010년 《부산시조》 신인상 수상. 2011년 〈국제신문〉 신춘문예 당선.
2015년 시조시학 젊은시인상 수상. 2016년 부산문화재단 창작지원금
받음. 2016년 부산문학상 우수상 수상. 2017년 한국시조시인협회 올해
의시조집상 수상. 2018년 한국시조시인협회상 신인상 수상. 2019년 이
호우·이영도시조문학상 신인상 수상. 2020년 한국문화예술위원회 아
르코문학 창작지원금 받음.
시조집 『젖꽃판』 『변산바람꽃』, 현대시조100인선 『봄 탓이로다』.
07nam@hanmail.net

거울 속 남자

—

초판 1쇄 2020년 9월 23일
지은이 김덕남
펴낸이 김영재
펴낸곳 책만드는집

—

주소 서울 마포구 양화로3길 99, 4층 (04022)
전화 3142-1585·6
팩스 336-8908
전자우편 chaekjip@naver.com
출판등록 1994년 1월 13일 제10-927호
ⓒ 김덕남, 2020

*** 이 도서는 2020년도 아르코문학창작기금 지원사업에 선정되어
발간된 작품입니다.**

—

ISBN 978-89-7944-740-8 (04810)
ISBN 978-89-7944-354-7 (세트)

책 만 드 는 집
시인선 157

거울 속 남자

김덕남 시조집

책만드는집

오후의 발견

터지는 매미 울음 목청이 잦아들자

명주바람 등에 기대 깜빡 펜을 놓친다

시오리 꿈길 여는가

톡 터지는 석류꽃

　　　　　　　　－2020년 가을을 맞으며
　　　　　　　　　　　　김덕남

| 차례 |

2부

3부

4부

5부

1부

위양못

젖내 문득 그리운 날 위양못 찾아간다

물속 하늘 날아가도 젖지 않는 백로 날개

높아서 더 깊어지는 새의 길이 보인다

신음도 진통제도 흘려보낸 못물 아래

푸드덕 깃을 치며 손 흔드는 고운 엄마

낮아서 더 넓어지는 물의 길을 읽는다

하얀 묵화

눈밭을 걸어가는 발자국이 나란하다

어미가 멈춰 서면 새끼도 멈춰 서는

소복한 들길을 따라 하얀 숨결 찍는다

구십 도

중심을 꺾지 마라 네 몸은 직립이야

뽀송송 물오르는 백화점 인턴인 걸

배꼽에 나란한 두 손, 하늘 향해 뻗어야지

억지로 웃지 마라 선거철이 아니잖아

돌아서면 뻣뻣한 목, 꾼들의 뒤태인 걸

구십 도 늪에 빠질라 마약같이 혼몽한

한 끼

빈 병 하나 박스 하나 이게 내 밥이여 밥!
새벽같이 길바닥을 눈 뒤집고 살피는디
빠앙 빵 울리지 마라, 내 귀 아직 살았응께

뼈마디에 바람 부니 슬하가 시려오네
꼬장한 성깔이야 굽은 등에 감추었지
숨질은 가빠오는데 해는 벌써 중천이고

오금 달달 떨려와도 이게 내 목숨줄잉께
아무렴, 산 입에 거미줄이야 칠 수 없지
범보다 더 무섭다는 목구멍을 달래야제

개양귀비꽃

엄마의 엉덩이에 멍울진 몰핀 무늬

숨 끊는 통증 앞에 급히 찌른 하얀 수액

떨리는 내 손 껴안고

붉은 꽃잎 뚝뚝 진다

경로석과 애완견

폭 삭은 검버섯이 빈자리를 찾고 있다

애완견 끌어안은 꽃띠 할매 그 사이를

엉덩이 들이밀고는 홍시 내음 훅, 뿜는다

콧날을 찡그리며 애완견이 쫑알댄다

여긴 황혼열차야, 지는 꽃만 가득해

패션 옷 얼룩질까 봐 꼬리 살랑 접는다

입 속의 파티

오직 달달함에 익어버린 세상의 혀
지그재그 칼날 아래 파도 소리 밀려온다
사르르 감도는 침샘 목구멍이 재촉하지

밑에 깐 등살 위에 꼬리살 살짝 올려
날개살 사잇살이 배시시 유혹하네
꽃 같은 배꼽살이야 눈으로만 즐기지

새콤달콤 가십들을 소스에 찍는 저녁
입 안에 탁 털어 넣는 짜릿함을 위하여
칼칼한 내장탕으로 스텝 한번 당겨볼까

슬픈 여행

아가야, 저 하늘의 별빛마저 글썽인다

신이 준 숨소리를 너울 속에 묻어놓고

퉁퉁 분 젖무덤 틈으로 헛젖이 새고 있다

자맥질 공중제비 너와 함께 하려던 꿈

빙벽에 부딪히다 거품으로 밀려온다

슬픔의 바깥쪽으로 너를 가만 보낸다

* 2018년 8월, 어미 범고래가 숨진 새끼를 자신의 콧등에 올려놓고
보름 동안이나 바다를 헤맨 일이 뉴스에 보도되었다.

저물녘, 붉은 시

– 캄보디아 와트마이 사원에서

켜켜이 쌓여있는 수천의 저 백골들
뻥 뚫린 눈과 코로 일제히 나를 본다
묵념도 사치스러워 고개조차 들 수 없는

이념이 돌아선 날 먹물 든 게 죄였을까
능숙한 칼잡이는 동족이 아닌 것을
벗겨도 벗겨지지 않는 내 허울이 저리다

저 백골 잠들 수 있게 커튼을 내려다오
그림자 드리우는 백골 탑 무릎 아래
노을도 울컥 젖는다, 저물녘이 온통 붉다

고갈비를 구우며

사는 게 싱거운 날 왕소금 뿌려본다

비릿한 내 안에도 시나브로 간이 배면

짭조름 손맛 하나로 식탁보를 펼친다

껍질은 바삭하게 속살은 촉촉하게

노릇노릇 구워내면 당신 혀에 착 감기지

고래등 태워주겠노라던 불콰한 그가 온다

건천 乾川

기저귀 밑에 깔고 형님이 새고 있다
누수로 젖어오는 철침대가 녹이 슨다
물길이 말라가는지 손발이 앙상하다

콸콸콸 물살 소리 새끼 치던 큰 거랑
들녘을 흠뻑 적셔 물새가 떼로 날던
자갈돌 구르지 않고 금이 간 채 누웠다

한 번도 가본 적 없는 아득한 그곳으로
휘돌다 엎어지다 돌부리에 걸려가며
몸속을 다 비워내고 마른 내를 건넌다

깽깽이풀

지하도 한 귀퉁이 사무치는 선율 있다
고무옷 아랫도리 맨바닥에 착 붙이고
끊일 듯 이어지는 가락
눅눅하게 젖어온다

지그시 감은 눈에 그렁한 샘을 달고
어린것 껴안으며 지전을 더듬으며
허공을 메아리친다,
계면조의 흐느낌

칡꽃

살내 폴폴 날리며
코끝 스치는 여자

손 하나
까딱 못 해
애태우는 나를 두고

뉘 허리
감아올리나
보랏빛 어질머리

곤드레밥

윤사월 뻐꾸기도 제 이름 잊을까 봐

이산 저산 우듬지에 뻐꾹뻐꾹 쓰는 사이

봄 언덕 함께 넘자고 목이 메던 곤드레

목젖에 드리우면 마른침 솟아날까

숨소리가 그리워 외젓가락 휘젓는 밤

이팝꽃 자지러지며 무더기로 피었다

모자를 벗다
－라즈돌노예역*에서

총구의 과녁 되어 쇠바퀴는 울음 운다
가는 곳도 모른 채 화물칸에 실려 가는
핏물 진 눈물 자국은 만 갈래로 찢기고

꽁꽁 언 황무지에 뒷발질로 내버려져
움막의 일이라곤 공포와 굶주림뿐
무엇을 더 내놓아야 목숨 하나 부지할까

시베리아 횡단열차 덜컹대는 찻간에서
내 차마 눈 못 뜨고 모자를 벗어 든다
그 아픔 갚을 길 없이 불러보는 고려인

* 블라디보스토크와 우수리스크 사이에 있는 역으로, 스탈린의 고려
인 강제이주 정책으로 17만 명이 중앙아시아로 끌려간 시발역.

뻐꾸기나무*

어느 먼 길 돌았기에 굽이마다 생이 걸려

물설고 낯도 설어 목이 잠긴 울음인가

아가야, 손을 잡아라 내 자궁이 비었단다

매무새 피부색이 무에 그리 대수겠냐

앞섶을 파고드는 그 숨결 그 재롱에

울울한 십리대숲도 깃을 치고 날 테니

* 울산 태화강변 십리대숲의 소나무 가지에 팽나무가 자라고 있어
'울산시 태화강관리단'에서 '뻐꾸기나무'라 명명했다.

2부

거울 속 남자

병목을 거머쥐고 그네가 들썩인다
날 수도 내릴 수도 외줄은 길이 없어
명치끝 시린 절망을 바닥에다 쏟는다

말끔한 출근길에 인사도 깔끔하던
간간이 휘파람도 승강기를 타고 내려
거울 속 마주친 눈길 목련처럼 환했다

실직일까 실연일까 등이라도 쓸어줄걸
맥없이 주저앉은 무릎 저린 시간 앞에
연초록 바람 한 잎이 어깨 위를 감싼다

패션시대

구멍 낸
청바지에
찢어버린 명품 모자

거딜 난 청춘이다, 바람이야 새든 말든

불티난
가난 패션이
거리를 활보한다

귀천에서

시간의 모서리에 길과 길이 숨을 튼다
소문을 비켜 앉은 인사동 귀천*에서
다 여윈 구름 한 자락 하늘길을 재고 있다

아닌 척 모르는 척 길들이는 맑은 가난
막걸리 한 사발에 뭇별을 빠트리다
소슬한 바람을 따라 총총 나선 소풍길

행간 밖 붉은 풍문 뜨락을 기웃해도
잘게 부순 햇살 한 줌 꽃주렴 드리우고
하늘로 돌아갔는가, 여비 없어 못 간다던

* 천상병 시인 부인이 운영하던 인사동 찻집.

서산마애삼존불 이야기

아슬한 바위에서 남자가 웃고 있다

과거의 빛을 따라 본처가 웃고 있다

미래의 반가사유로 애첩이 웃고 있다

짱돌을 던질까 말까 본처의 웃음 속에

볼우물 용용대는 애첩의 웃음 속에

좋은 게 다 좋으니라 그 남자의 웃음 속

대모벌

사방팔방 쳐놓은 끈끈한 거미줄 속
먹이를 노리는 왕거미를 사냥한다
은밀히 급소를 찔러!
옴짝달싹 못 하게

독침의 주술이다, 단 일 초면 혼절이지
왕년의 권좌 잊고 산 채로 있어라, 넌
속살은 아가들의 밥
신선도는 필수야

입술엔 달콤한 꿀, 뱃속엔 양날의 칼
꽃놀이패 펼치는 여의도의 독침 속에
앗! 벌써 마비가 온다
반도의 옆구리에

재하청

진보나 보수 따윈

밥그릇이 아니다

컵라면 면발 위로

추락하는 빗방울들

바닥을

허우적이다

끼니가

새고 있다

테오에게
− 빈센트 반 고흐의 편지

뭇별을 쏟았는데 물감이 떨어졌어

울음으로 솟구치는 밀밭의 까마귀 떼

황금빛 일몰 앞에서 지그시 눈 감는다

테오야, 오늘은 귀 하나를 잘라냈다

내 안의 소리란 소리 참으로 잠잠하다

이제는 끝날 것 같다, 그림 속의 꿈으로

미모사

‒me too

말초를 건드리는 오늘의 생생 뉴스
강이 되어 흘러가다 섬이 되어 표류하다
댓글이 회오리치며 미궁으로 빠져요

눈을 떠도 감아도 지네 발이 스멀스멀
도르르 말았다가 펴지 못한 등줄기
그 비밀 삭여내느라 가슴 한쪽 녹아요

망각이 약이라고 명의가 말하네요
손톱 발톱 다 빠져 감출 수도 없는 과거
솜이불 뒤집어쓰고 한여름을 보내요

미라에 말을 걸다

– 투탕카멘

잠들기 전 문을 닫듯 숨을 닫은 그대여

모든 것 비워내도 염장한 생은 남아

화려한 채색에 갇혀 어느 땅을 다스리나

소년 왕 짓누르는 울음집이 새고 있다

그 울음 범람하여 나일은 흘러가도

지상의 그리움 하나 띄울 수가 없구나

자계서원* 은행나무

한 시대 몸을 던져 어둠을 걷어내듯
시퍼렇게 날이 선 심지 하나 품은 채
알알이 뛰어내리는 사초 속의 등불이다

깃털 같은 목숨에도 가슴은 천근만근
감싸 맸던 울음 풀면 어느 강에 넘치려나
금이 간 밑동을 뚫고 벼린 붓이 솟는다

붉은 획 내리그은 절명시가 저러할까
한목숨 뒤흔드는 외곬의 바람 앞에
파란도 만장도 아닌 결기 하나 꽂는다

* 경북 청도에 있는 서원으로, 무오사화로 극형을 당한 탁영 김일손
을 추모하기 위해 세웠다.

40

몽돌

뾰족한
내 안을
두드리고 두드리다

물마루
딛고 선 듯
발 구르며 우는 뜻은

당신께
접안치 못한
치사량의
내 눈물

목구멍

옥류관 평양냉면 목구멍에 걸려있다

코뚜레 끌려가듯 산 하나 넘었는데

뱉지도 삼키지도 못한 말의 가시 박혔다

밥그릇만 축낸다는 저 혀의 삿대질에

입천장 무너지고 목젖은 떨고 있다

창백한 목덜미마다 늑대거미 기어간다

* 2018년 9월 남북정상회담 특별수행단과의 오찬 시 북의 조평통위
원장 이선권이 남측 재계 총수들에게 "지금 냉면이 목구멍으로 넘어
갑네까?"라고 했다고 한다.

두렁박 타령

봄날을 동여맨 채 바다를 끌어 올렸지

뱃속의 핏덩이가 숨 막힌다 발버둥쳐도

두렁박 하나에 매달린 알몸들이 떠올랐어

일곱에 헤엄 배워 열둘에 받은 두렁박

고픈 봄 외마디가 목젖까지 차오르는

비릿한 어질머리를 피붙인 양 껴안았어

꽁꽁 언 몸 버팅기다 휘유우 숨 틔우면

짠물 밴 주름살엔 너울이 따라왔지

일흔 살 그게 대수냐, 바다가 안방잉께

그러거나 말거나

— 숙맥일기 · 1

사고 보니 하천부지, 한 뙈기 숙맥농원

구절초 쑥부쟁이 밭둑을 넘어온다

철따라 꽃 피워주니 저들 꽃도 농사지

산국이 무리 지어 모롱이 돌아온다

호미를 친구 하니 꽃몸뻬가 제격이다

꼴까닥 숨넘어간다, 달빛 품은 저 꽃들

풀밭회의
−숙맥일기·2

쇠뜨기 쇠비름이 끼리끼리 모여 앉아
쑥덕쑥덕 티격태격 밭둑회의 하나 보다
앞머리 휘익 날리며 기생여뀌 연설한다

경전인 양 들고 있는 안경 쓴 대왕여뀌
으흠 으흠 그렇고말고 고개를 끄덕이자
꿀 먹은 며느리밑씻개 눈알 살살 굴린다

고마리 떠억하니 위조 떨잠 머리 꽂고
음관蔭官끼리 똘똘 뭉쳐 스펙을 주고받네
아무렴, 풀밭학교야 무시험이 최고지

가을 뙤약볕

-숙맥일기·3

고개 숙인 조 이삭은 참선삼매 중인데

몰려온 참새 떼가 환호작약 춤판이라

보초병 허수아비는 주인 올까 발을 동동

깻단이 참다못해 톡 토독 쏘고 있다

제 성질 못 이기는 비쭉새의 지청구에

차르르 알맹이들이 천지 사방 튀고 있다

3부

복사꽃 피는 집

겨울이든 여름이든 밤낮으로 꽃피우죠
흑백이 싫증 나면 꽃분홍을 피울까요?
버튼을 살짝 눌러요, 무지개도 피니까

눈 질끈 감으면 짝퉁도 명품처럼
물오른 웃음까지 반반씩 섞을까요?
서점은 흘러간 노래 복사본이 대세죠

잃어버린 시간쯤은 카페서 찾으시길
비포든 에이포든 말씀만 내리세요
대학로 유리문마다 복사꽃이 필 무렵

쪽동백

모시적삼 쪽찐 머리

물동이 이고 온다

찰랑찰랑 넘친 물을

한 손으로 흩뿌리며

똬리 끈

살짝 문 당신

앞섶 자락 젖는다

개뿔청춘

휘리릭 바람처럼 푸른 패를 돌려봐
수직으로 낚아채는 매 발톱을 숨긴 채
불구덩 깊이 파놓고 뛰어들길 기다렸어

온갖 스펙 내밀어도 구직 문턱 넘지 못해
시선은 적의 손끝 고개는 빳빳하게
판돈을 긁어모은다, 짜릿한 손맛으로

잃어도 헤헤 웃는 그자를 조심하게
딴 건 푼돈이야, 잡힌 건 발목이지
개평도 다 뜯긴 청춘 낙엽으로 뒹군다

씀바귀

모국어 잠꼬대로 밤마다 별을 찾다

보도블록 틈서리에 뿌리를 내렸구나

노랗게 고개 내밀고 심봤다 외치고픈

난전에 주저앉아 후루룩 때우는 끼니

이방의 시선쯤은 웃음으로 받아친다

"향긋한 봄맛 사세요, 달래 냉이 씀바귀!"

낮달맞이꽃

― 소록도 단종대斷種臺를 보며

멧비둘기 애긇어도 꽃길은 말이 없다
눈썹이 지워지니 뿌리조차 돌아선 길
꽃대궁 높이 올려서 달을 맞고 싶었는데

끌려온 수술대 위 손발이 묶였구나
생잡이 칼날 아래 하얗게 질린 동공
달 한쪽 잘려 나가네
꽃스물이 찢기네

가랑이 사이에선 핏물보다 진한 눈물
홈통을 타고 내려 섬 하나가 다 젖는다
달맞이 낮달맞이꽃 저 혼자서 여위네

꼬꼬밥

퀭한 눈
이밥 한술
떠먹이고 싶다더니

눈에 밟힌
마른버짐
바스락 부서질 듯

저 멀리
예성강 찾아
밀물 타는
꼬꼬밥*

* 꼬꼬밥('쌀밥'의 북한 말)을 북한 아이들에게 먹이려 탈북민들이 쌀
이 든 페트병을 물때에 맞춰 서해에서 예성강 하구로 띄워보냈
다.(〈중앙일보〉 2016. 12. 2.)

물소뿔 주걱

이국의 주방에서 물소가 울고 있다
이맛전 맞비비던 종족을 생각하나
뿔 하나 세우기 위해 지평선을 내닫던

뜨거운 태양 아래 새끼를 키워내듯
간절하면 나아가고 그리우면 눈을 감는
바람길 열어간 전설
뿔과 뿔로 전했지

종일토록 매달린 채 적막을 지켜내다
저릿하게 젖이 돌던 초원을 떠올리나
서둘러 가슴을 연다
따끈한 밥 올린다

죽비를 맞고 싶다

눈동냥 귀동냥에 함부로 내뱉은 말

홀씨 되어 날아가다 내 몸에 파종된다

오라로 날 묶어버린 골방 속의 시간들

풍경은 제 몸 때려 절간을 깨우는데

눈앞이 흐리다고 눈곱만 탓했구나

저 깊은 묵언 속에서 울음을 퍼 올린다

불매 불매야

다음 생엔 엄마와 나 바꾸어 태어날래*
퉁퉁 분 젖을 물려 엉덩이 토닥이면
머루알 반짝이는 눈
방긋방긋 웃어라

처녀 공출 피하려 열여섯에 족두리 쓴
볼 붉은 사랑 한 줌 포화 속 타버렸네
앞섶의 눈물받이엔 고드름이 열리던

하르르 떠는 꽃잎 봄날 앞에 마주 앉아
당신의 겨드랑이 내 손으로 받쳐 들고
불매야 불매~ 불매야**
아장아장 걸어라

* 추사가 유배지에서 아내의 부음을 받고 쓴 시 「配所輓妻喪」의 "來
世夫妻易地爲"(내세에는 우리 부부 바꾸어 태어나리)를 변용.
** 아기를 어르는 경상도 민요.

발톱

하루치 흘린 땀을 닦아내는 노을 녘

흙 묻은 발을 씻다 문득, 널 바라본다

세상에! 곰팡이꽃 피워 여기 살아있었네

시간에 갇힌 채로 생살을 파고들어도

한결같은 보폭으로 널 끌고 다녔다니

구두코 반짝이던 게 멍에인 줄 모르고

말 좀 해봐라

야야, 말 쫌 해봐라 소 잡아묵은 귀신도 아이고
지발 내 좀 살리도고, 내가 살믄 얼매나 살끼고
아 딸린 여자면 어떻고 몬생기면 어떻노

짚신도 짝이 있는데 이노무 팔자 와 이렇노
새각단 칠칠이 봐라, 월남 샥시 데불고 와서
깨소금 뽂는다 안 카더나 토째이 같은 자슥 낳고

내사 마 저승 가도 할 말이 없는 기라
꼬재이 같은 너가부지 가만있겄나, 으이
속 터져 몬 살겄데이 이래가 우찌 죽겄노

왱이콩나물국밥

데인 속 또 데이는 펄펄 끓던 그 여름날

꽃나이도 서러운데 통점은 왜 덧나나

사는 일 매운 연기라 시루 잡고 눈물 참던

옹배기 얼큰한 정 칼칼하게 우려낸다

살짝 데친 콩나물을 아사삭 씹어보다

식탁에 써보는 글자, 엄마 이름 '임·끝·예'

수덕여관

고단한 별빛 하나 발 뻗을 곳 찾아간다
풍경도 잠이 드는 산사의 초가 여관
끝탕의 등짐을 풀면 부은 발이 서럽다

왜바람에 깨진 시간 촘촘히 꿰맞추며
눈길 헤쳐 허위허위 가풀막을 오르는 밤
베갯잇 적시는 불면 명치끝이 쓰리다

온몸을 싸고도는 적막의 무두질로
아픈 생 어루만져 별빛을 다독이다
포근한 가슴을 풀어 얼은 몸을 녹인다

* 나혜석은 수덕사 일엽 스님을 찾아가 수덕여관에서 5년을 머물며
승려가 되기를 원했으나 뜻을 이루지 못하던 중, 일엽을 찾아온 일
엽의 어린 아들에게 어미의 정을 대신 나누어주었다.

라이따이한

신은 죽었다고 한 남자가 말했어요
어미를 데려가고 아비는 도망가도
태양은 뜨겁게 돌고 달빛은 서늘했죠

종기로 자라나는 내가 나를 보았어요
도려내야 한다고 사람들은 말하지만
한세상 날아보려는 나를 덮지 말아요

얼음 밑 봄물처럼 흐르는 따이한의 피
그 피를 용서하면 죽은 신 살아날까
내 안을 흐르는 당신, 어디쯤에 있나요?

4부

대기실

주르륵 창을 타고 빗방울이 울고 있다
당신은 훌훌 벗고 깃털처럼 떠나는데
멀거니 바라보는 창 후두둑 꽃이 진다

엇박의 뻐꾸기는 넘어갈 듯 끊어질 듯
제풀에 주저앉나 설운 눈빛 감추고
텅 빈 손 흔들고 있네
산그늘이 내리네

꿈이다 돌아가자 목청을 돋우는데
바람의 호명인가 어느 별의 손짓인가
'유골을 인도하십시오'
자막이 스쳐 간다

휴전선 바람편지

적막 한 채 짊어지고 바라보는 산등성이

명치로 우는 뻐꾹 유월을 맴도는데

엉겅퀴 곧은 뼈 세워 녹슨 철모 뚫습니다

아린 상처 훑고 가는 가칠봉 바람 앞에

피로 쓴 한 줄 문장 철책선 들며 나며

검붉은 옹이로 박혀 차마 읽지 못합니다

문득, 그립다

배다리 건너가다 물아래 문득, 본다
캄캄한 물속에서 나를 보며 웃는 얼굴
어딘가 낯이 익은 듯 주춤하다 손 내미는

꽃들이 돌아서도 향기 아직 남아있다
꽁꽁 언 발을 감싸 가슴에 품어주던
발바닥 간질한 감촉, 엄마의 유두였다

물주름 말아가다 젖내음 밀려온다
철 지난 폭우에도 때 이른 폭설에도
별빛을 길어 올리는 두레박이 되곤 했다

원 웨이 티켓One Way Ticket*

레일 위 달려가다 내 귀를 두들기는
원 웨이 티켓! 어깨 들썩 흥얼거린다
바퀴에 구르는 노래 동굴 밖을 나선다

왼쪽을 깎아내다 바퀴는 헛돌아도
오른쪽을 덧붙이다 혹 하나쯤 솟아나도
티켓을 끊으러 가자, 눈빛 깊이 나누며

경배하듯 맞잡은 손 통일호에 오르는 날
갈피마다 새긴 설움 물살에 띄운다면
등 돌린 그늘쯤이야 간주곡으로 듣겠지

* 이럽션Eruption이 부른 팝송 〈원 웨이 티켓One Way Ticket〉에서 차용.

큐피드

뉘 심장 몰래 겨눠 불꽃 일던 눈화살

내 몸을 횡단하다 화인으로 박혀있는

가끔씩 열어보고 싶다

저릿하던 꽃스물

사하라

때로는 폭풍으로 불볕을 흩뿌리며
시간의 입자들이 펼쳐놓은 모래 물결
베두인 옷자락따라 맨발인 채 걷는다

누억년 바람 안고 쓸려 가는 고독 본다
모래보라 덮쳐오는 잃어버린 길 위에서
히잡을 둘러쓴 하루 내 안의 길 찾는다

새 지평 열고 있는 속살의 제단이다
죽음조차 거부하는 태양신이 머문 여기
당신이 호명하려나 주술 같은 이 땅을

면회

사각 방에 들어서는 눈과 눈이 마주친다

싸늘한 유리벽에 맞대보는 손금 타고

불티로 덮은 얼룩을 씻어내고 닦아낸다

찔레 향 들이켜다 가시를 삼켰구나

움푹 팬 동공에는 첨벙하고 물결 일어

망초꽃 온 들을 덮어 쿨룩쿨룩 앓는다

노치원 블루스

생각을 파먹느라 합죽해진 웃음 너머
시시콜콜 챙겨 넣은 가방을 둘러메고
바람 든 무릎을 접어 승합차에 오른다

차창을 내다보랴 주름 손을 내혼들랴
골을 판 오목가슴 여미지도 못한 채
손거울 가득한 입술, 립스틱을 칠한다

말문에 금이 갔나 헛말을 엎지르다
미궁에 빠져버린 기억을 건졌나 봐
뽀골한 억새꽃 이고 당신이 돌아온다

돌강

흐르다 멈춘 강이 별을 향해 누워있다

빗방울 무리 지어 골짜기로 몰려갈 때

돌덩이 손에 손 잡고 산으로 가고 있다

역린이 아니었다, 사발통문도 없었다

별들을 사랑한 죄 서로를 다독인 죄

두문동 칠십이현*이 새까맣게 누웠다

* 조선 건국을 반대한 고려 유신 72명이 두문동에 은거, 마을에 불을
질러도 나오지 않고 모두 타 죽었다고 한다.

부산을 향하여Turn Toward Busan[*]

1

낡은 편지 꺼내 들고 침침한 눈 닦는다
이번 작전 끝나면 통일이고 평화라던
전선의 마지막 편지 읽어도 다 못 읽은

햇살은 물에 젖고 눈물 자국 말라간다
어미의 눈시울에 얹혀있는 내 아들아
코리아 그 먼 곳 향해 굽은 등을 세운다

2

살 떨리는 총성 앞에 눈물도 얼어붙어
턱까지 차오르는 희디흰 눈이불 속
잠들면 돌아가겠어요, 식탁 환한 곳으로

핏물이 흥건한 땅 황홀한 슬픔 속을
계절은 식어가고 메아리는 흩어져요

어머니 등불을 켜요, 주름살이 보여요

협객을 기다리다

아슬한 물방울이 암반에 홈을 파듯

적벽의 소나무가 바위를 쪼개내듯

결박된 봉두난발이 한 시대를 깨우듯

미안심더

내사 마 갱상도 보리문디 아입니꺼
독립군 할배 덕분에 가이드 하고 있지예
청산리 집안에서는 우리말이 철칙이라예

나라는 찾았지만 땅뙈기는 없었심더
돌밭에다 그리움을 삭이고 일궜지예
움푹 팬 할배 눈빛은 우물보다 깊었심더

고향 분 만나니까 입도 귀도 뻥 뚫리네예
제니스 아이파크 그게 뭔지 아는가예?
우짜꼬 거기 산다고요!
대왕님요, 미안심더

불국사 돌못

명의가 찔러 넣은 신령한 장침이다

팔딱이는 맥을 따라 석축이 숨을 쉬면

어둠을 베어낸 달빛

경혈 찾아 꽂는다

천년의 디딤돌로 세상의 뼈가 되어

돌 안에 길을 여는 어둠 속 빛살 따라

묶어둔 향낭을 연다

침묵으로 꽃 핀다

대변항, 3월

쾌자를 펄럭이는 버선발의 붉은 해안
난달의 몸부림에 울며 간 우리 아재
이승 문 열어젖히고 절며 절며 오고 있다

반버버리 손가락질 가슴에 박혀있어
출렁이는 바닷물에 말의 비수 씻어내다
빗장 푼 꽹과리채가 제 가슴을 찍는다

난바다 채낚기에 제 몸부터 낚은 죄
맺힌 사연 토설하며 신대 아래 흐느긴다
한바탕 얽힌 매듭을
훌훌 푸는 봄 바다

합환수

눈과 눈 마주친 날 말더듬이 되었어요

손과 손 스치는 날 심장 콩콩 뛰었어요

두 입술 스르르 풀려 뼈와 뼈가 녹아요

동북공정

세속의 잣대로 그대여 보지 마라

손대지 않고서도 수십 번 얼굴 바꿔

찰나의 승부 세계를 노려보고 있다네

미소 띤 얼굴에 부드런 몸짓으로

그대 심장 겨누는 양날의 칼을 보라

벼랑 끝 바람쯤이야 소리 없이 자르지

세상의 북소리는 귓결로 듣는다네

가면 속 민낯의 패 손바닥에 감추는 날

그대의 역사쯤이야 연극처럼 뒤집지

5부

알파고

최고만 고집하는 초읽기의 성과였어
묘수를 넘어서라 귀엣말이 쟁쟁했지
당신은 이미 알았어, 배신이 온다는 걸

당신을 빚어놓고 보기 좋다 하신 그분
선악과를 따 먹어라 뱀들이 유혹할 때
그분은 모른 척했지, 당신 눈을 밝히려

알파가 가고 나면 베타가 온다는 걸
칼에 베인다고 칼에 죄를 묻겠는가
진정한 고수를 향해 당신을 넘는 거야

두더지 게임

머리를 쏙 내밀자 망치로 치고 있는

강서를 조준하자 강동이 헤헤 웃는

널뛰는 의사봉 아래

민초들만 터지는

팔순잔치

"저놈의 난봉끼 내사 마 몬 살 끼다"
다다닥 칼등으로 도마질 하다 말고
바닥에 퍼질러 앉아 아이고를 연발하던

백구두 흙 묻을라 골라 딛던 우리 아재
나락은 타든 말든 매미야 울든 말든
꽃분홍 만나러 가지, 읍내 다방 미스 킴을

자글자글 눈웃음에 립스틱도 바알갛게
손자 손녀 앞세우고 아지매가 노래한다
"뚜욱 뚝, 구두 소리 오뎔 가시나~,
그 가시나 없는데~"

신 채련곡新采蓮曲[*]

한 송이 연꽃 꺾어 그대에게 던질까요

한 번쯤 돌아볼까 마음을 졸입니다

걸어간 발자국마다 여윈 발을 포갭니다

차가운 달빛 아래 이마 자주 뜨거워요

바람을 달래어서 시 한 수 보냅니다

가슴속 샘을 판다면 그대 모습 비칠까요

* 채련곡 : 허난설헌의 한시.

잔도 棧道*

한 발은 이승에서 또 한 발은 저승에서
하루치 목숨 늘여 밑줄 치는 붉은 이름
수천 길 낭떠러지에 선반 하나 매단다

길은 늘 양지보다 음지가 길었었지
흡반처럼 달라붙는 어둔 길 지워보려
허공에 발을 딛는다, 먹구름을 밀어가며

메아리 돌아와도 풍문은 흩어질까
웅웅 우는 산을 돌아 무릎 꿇는 외진 밤
산짐승 울음 보탠다, 돌아갈 날 있을까

* 험한 벼랑에 선반처럼 달아맨 길로 중국 삼국시대 전쟁 이동 통로
로 시작, 잔도를 낼 때는 사형수를 일부 투입하여 완공 후 형을 감해
주었다고 한다.

출렁다리

다리를 건너는 건 당신을 건너는 일

여기에서 저기까지 한평생 딛고 가는

바람에 몸을 싣거나 출렁출렁 흔들리거나

내 안의 모난 길을 물결에 궁굴리는

낮달의 기울기가 뭉게구름 걷어내는

물비늘 반짝이는 곳, 당신께로 갈거나

미스터트롯

동굴을 휘돌아 온 부드런 그대 음색
달팽이관 간질이며 가슴 쿵쿵 울린다
내 몸을 관통하는 떨림
도플갱어로 가는 봄

노도처럼 태풍처럼 천둥으로 지진으로
그리움이 질주한다, 사무침이 폭발한다
솟구친 눈물무대엔 하트 하트 축포를

이제는 금빛 날개 마음껏 펴는 거야
구성지게 꺾어가며 한세상 풀어야지
사는 건 신바람이듯
굽이굽이 한이듯

운문사 처진소나무

구름문 들어서자 확 펼친 일산 아래

장구도 북도 없이 국창이 앉으셨네

깊숙한 뿌리를 돌아 구음으로 유장한

열두 말 막걸리에 넌출넌출 춤을 추다

걸림도 매임도 없이 낮게 낮게 퍼져가는

목청도 다 내려놓고 푸른 그늘 드리우는

인면조 人面鳥*

캄캄한 하늘 질러 천년을 날아왔나
마른 목 축여주는 설원이 눈부시다
예맥족 숨결로 빚은 마중물을 붓는다

함성과 탄성으로 박차는 힘을 모아
세상 끝 달려가서 별자리 잡을거나
은하에 씻은 몸으로 마중불을 댕긴다

쪽물 든 반도기로 백두대간 종단하다
봄 햇살 활짝 풀어 얼음장 녹일거나
찌엉 쩡 몸 푸는 소리, 봇물 왈칵 터진다

* 고구려 벽화 등에 나타나는 사람의 얼굴을 한 새로 하늘과 땅을
이어준다고 한다. 평창올림픽 개·폐막식에 등장했다.

해바라기

그것은 헛소문이야
한때의 바람이야

밤마다 날 버려도
보란 듯 날 버려도

까맣게
박아논 첫정
갈수록
더 박히는

슬픈 아리랑

총성은 멎었어도 의족의 피, 아직 붉다
평상 위 깽깽이가 아리랑을 타는 소리
십 리도 못 간다는 사랑
구만리를 건넜다

수척한 그림자로 선율이 흐느낀다
이방인을 세워둔 채 속눈썹 떨고 있는
깡통에 곤두선 동전
넘어질 듯 조아린다

지뢰밭에 잃은 다리 습관처럼 저려온다
벼랑 끝 짚어 가듯 엇박으로 절룩이듯
바이욘* 돌탑을 돌아 세마치로 흐른다

* 캄보디아에 있는 사원. 정부는 상이용사들에게 연금을 주지 못해
생계를 위해 거리에서 연주할 수 있도록 허락했다.

월정교를 걷다

그림자 나를 따라 해시계를 도는 사이
남천의 물결 위로 한세상 흘러간다
전생의 약속이었나, 꿈꾸듯이 오시던

풍덩 빠진 그 사랑에 나도 그만 첨벙했네
팽팽한 현을 골라 아들 하나 낳고 싶던
월정교* 난간대 위로 달이 뜨는 저 소리

손가락 끝 보지 마라, 달을 보라 이르시던
시간을 질러가도 가는 길 아득하여
휘영청 월성을 돌아 천년토록 걷는다

* 신라 왕궁인 월성 앞을 흐르는 남천의 다리로 2018년에 복원되었다.

날아간 새

옻으로 물을 들인 머플러를 둘러주고
긴파람 불어주던 새 한 마리 날아갔다
고요턴 나뭇가지가 떨잠처럼 떨었다

열꽃 솟은 목둘레는 화약을 안았는지
물집인가 화농인가 냉찜질로 달래봐도
콕콕콕 가슴 깊은 곳 새소리로 박혔다

옻물에 손을 담가 꿈속을 그리던 새
구름 속 붓길인가 아득한 채색의 길
내 한생 눈이 멀었네, 없는 새가 그리워

황톳길

개미도 탑 올리는 사원으로 가는 길
맨발의 뒤꿈치엔 실금이 가득하다
내딛는 발자국마다 살아나는 슬픈 왕조

계단을 비껴 앉은 여인이 손 벌린다
축 처진 애기 안고 쳐다보는 동공에는
우물이 깊게 파였다, 낭떠러지 숨었다

소쿠리에 담겨있는 땡볕이 적막하다
하루를 산다는 건 목숨을 거는 일
앙코르 석수장이가 잠든 신을 깨운다

엉거주춤
– 서운암에서 하룻밤

"여긴 해우소요, 여기서 찍어 바르다니"
느닷없는 바람인가 뒤통수 울리는 소리
거울 속 불쑥 내민 얼굴, 부처님의 제자닷!

선불을 맞았는가, 엉거주춤 홧홧하다
립스틱 거머쥐고 오지랖아 날 살려라
불화살 등에 꽂은 듯 등짝이 얼얼하다

간밤의 축제 미몽 아직도 꿈결인데
어둠 깨는 목탁 소리 정수리 땅땅 친다
소리의 바깥쪽으로 몰아내는 저 미망

소리 찾아 더듬더듬 발자국 옮겨 간다
엇! 거울 속 스님이닷! 돌아설까 따라갈까
내가 곧 미망인 것을
바람 끝의 먼지인 것을

이름을 씻다

천방지축 뿌려놓은 명함이 궁금하다

누군가 밟고 간 뒤 어디로 쓸렸을까

명함 속 이름 부르며 상류 찾아 나선다

텅 비운 두 손으로 얼룩을 씻어본다

문질러 헹굴수록 자모字母만 헝클린 채

그토록 닿고자 했던 나의 상류는 없었다

자성自性의 재발견 혹은 물음의 시

민병도 시인·국제시조협회 이사장

1

효용가치와는 상관없이 시를 쓰는 이유나 목적은 크게 세 가지로 나뉜다. 가장 우선되는 부류는 자기만족을 위한 표현 행위로서의 시작詩作이다. 인간은 사회적인 환경을 만들면서 그 질서에 길들여져 왔다. 따라서 둘 이상의 상대가 있을 때에는 소리나 행동, 또는 언어를 통한 표현으로 자신의 뜻을 나타내고 방어적 공간을 확보하게 된다. 하지만 혼자일 경우에도 그림을 그리거나 노래 부르기, 문자를 빌린 감정의 기록 등 여러 가지 수단으로 자기표현을 하게 된다. 이 경우 분위기에 휘둘리지 않고 자신만의 일관된 의사를 남길 수 있다는 점에서 정신의 지향점이나 현재의 심상이 보다 진솔하게 표현될 수가 있다.

그 다음 생각할 수 있는 한 갈래는 남에게 읽히기 위한 목적을 가지고 시를 쓰는 경우이다. 여기에는 상대에게 자극이나 영향을 끼칠 목적이 분명하기 때문에 설사 자신이 가진 생각과 다를지라도 공익적인 가치, 재단되고 규격화된 질서가 나열되기 마련이다.

또 다른 한 가지는 첫 번째 목적과 두 번째 목적이 혼합된 경우인데, 자신을 표현하면서도 남들과의 소통을 아우르는 절충형이 있을 것이다. 사실 요즘과 같은 지식정보화시대에서는 일방적으로 늘어놓는 자기주장만으로는 관심을 이끌어낼 수가 없다. 따라서 자신의 체험을 바탕으로 한 표현 속에서 보편적 진실을 찾고 공익적 가치를 검증하며 속발성 두통약 같은 처방을 공여한다면 보다 효율적인 선택이 될 것이다.

물론 세 가지 경우마다 장단점이 있고 시의성이 떨어지는 부작용도 있기 마련이다. 자신의 감정 표현에만 충실하면 보편적 질서를 놓치기 십상이고 독자에게 어필하는 작품들만 쓰다 보면 예술성과 미학을 외면하게 된다, 그런 까닭에 많은 경우 절충형을 취하게 되는데 여기에도 난제가 없는 것은 아니다. 우선 자신을 찾아 가치관을

확립해야 하고 독자들의 정신을 이끌 시대미학을 확보해야 하고 민족의 미의식을 찾아 궤를 함께해야 하기 때문이다.

등단 10년에 제3 시조집 『거울 속 남자』를 묶은 김덕남 시인의 경우도 바로 제3의 절충형 시 작업으로 읽힌다. 많은 작품들이 자신의 체험에서 확보한 시적 동기에다 사회적 질서라는 잣대로 눈금이나 기울기를 재고 있기 때문이다. 첫 시조집에서부터 일관되게 보여준 가족에 대한 사랑, 자신의 배경이 되고 있는 지역과 현실에 대한 검증도 그 같은 보법을 말해주고 있다.

게다가 김덕남에게는 창작의 결과물인 시집이 말해주듯이 등단 10년에 선집을 제외하고도 세 권의 창작 시집을 상재하는 집요하고도 남다른 열정이 있다. 시조에 대한 믿음 앞에 연치 따위는 그에게 그야말로 숫자에 불과하다. 이번 시조집에서도 짐작할 수 있듯이 작품의 소재를 찾아 그는 많은 역사적 현장을 찾아다녔고 시대의식을 가늠하기 위한 모색을 게을리하지 않았다. 이렇게 할 수 있는 모든 방법을 찾아 발로 뛰는 열정은 결국 잠재된 자아를 재발견하고 새로운 시간을 대비하기 위한 창조적 수단이 되고 있다.

2

　김덕남이 자아의 발견으로 가장 엄중하게 선택한 소재
는 어머니다. 어머니는 자신을 낳아준 모태이자 현재의
자신을 에둘러 볼 수 있는 대상이기 때문이다. 첫 시조집
에서의「젖꽃판」도 그렇고 두 번째 시조집의「흙의 길」이
나「모지랑숟가락」에서도 이미 어머니와 자신이 그리움
이라는 공통분모로 자리매김된 바 있었다. 시시각각 어
머니의 나이를 만나면서 자꾸만 지워지는 모습을 떠올리
는 것은 어머니에 대한 단순한 그리움을 넘어 자신의 근
원에 대한 원초적 그리움이기도 하다.

　젖내 문득 그리운 날 위양못 찾아간다

　물속 하늘 날아가도 젖지 않는 백로 날개

　높아서 더 깊어지는 새의 길이 보인다

　신음도 진통제도 흘려보낸 못물 아래

푸드덕 깃을 치며 손 흔드는 고운 엄마

낮아서 더 넓어지는 물의 길을 읽는다
　－「위양못」전문

　‘어머니’로 상징되는 어린 시절에 대한 그리움이 독자
의 감정선을 건드리는 작품이다. 어머니와 관련된 특별
한 기억을 지녔음직한 ‘위양못’을 반추상적으로 그려낸
수채화 같은 이미지를 풍긴다. 그런데 거기를 찾아가는
까닭은 “젖내 문득 그리운 날”이기 때문이다. 왜 오늘의
지위나 명예나 이름보다 자신의 보다 맑고 순수한 영혼
으로 돌아가고 싶은 마음이 생긴 것일까. 그것은 세파에
찢긴 상처라든가 현실적인 불만에서라기보다 어머니라
는 자애롭고 푸근하고 큰 보호자가 있기 때문이다. 거기
서 실제로 “신음도 진통제도 흘려보낸 못물 아래/ 푸드덕
깃을 치며 손 흔드는 고운 엄마”를 만난다. 신음도 진통제
도 아무런 소용이 없었던 어머니의 안타까운 마지막 모
습이 아니었던가. 그리고 엄마의 길이 언제나 “낮아서 더
넓어지는 물의 길”임을 깨닫게 된다.

　그런데 그 어머니는 “물속 하늘 날아가도 젖지 않는 백
로”의 모습으로 나타난다. 마치 “높아서 더 깊어지는 새

의 길"을 가듯 살아온 일생이었기 때문이다. 맑고 어렴풋한 이미지를 이끌어낸 사색의 깊이와 절제된 감정 처리가 돋보인다.

엄마의 엉덩이에 멍울진 몰핀 무늬

숨 끊는 통증 앞에 급히 찌른 하얀 수액

떨리는 내 손 껴안고

붉은 꽃잎 뚝뚝 진다
－「개양귀비꽃」전문

이 작품 역시 어머니에 대한 안타까운 기억을 개양귀비꽃에서 되살려 자신이 감당할 수 없는 부분에 대한 경계를 설정하고 있다. 시의 구성은 개양귀비꽃을 보다가 "엄마의 엉덩이에 멍울진 몰핀 무늬"를 떠올리는 것으로 되어있다. 딸로서 고작 할 수 있는 일이래야 "숨 끊는 통증 앞에 급히 찌른 하얀 수액" 주사가 전부라니 얼마나 비통한 노릇인가. "떨리는 내 손 껴안"는데도 말이다. 어머니는 결국 자연의 섭리 앞에서 "뚝뚝" 지는 "붉은 꽃잎"과

하나가 된다. 종장의 "떨리는 내 손 껴안고/ 붉은 꽃잎 뚝 뚝 진다"는 역설이다. 화자인 나는 두려움에 떨고 있는데 정작 어머니인 붉은 꽃잎은 "뚝뚝" 지고 있으니 말이다. 진행형으로 종결했다. 이 같은 일이 이것 하나로 끝나지 않는, 우리 모두의 일이기 때문이다.

이 밖에도 어머니의 이미지는 다음 「쪽동백」에서도 나타나 있다.

모시적삼 쪽찐 머리

물동이 이고 온다

찰랑찰랑 넘친 물을

한 손으로 흩뿌리며

똬리 끈

살짝 문 당신

앞섶 자락 젖는다

 '쪽동백'은 때죽나뭇과에 속하는 낙엽교목으로 늦은 봄에서 초여름 사이에 흰색 꽃이 피는 식물이다. 시인은 지금 향기가 고운 하얀빛의 꽃에서 "모시적삼 쪽찐 머리"로 "물동이 이고" 오는 어머니를 만나고 있다. 어머니는 동네 우물에서 "찰랑찰랑 넘친 물을/ 한 손으로 흩뿌리며/ 똬리 끈/ 살짝 문" 채 "앞섶 자락 젖는"줄도 모르고 종종걸음을 옮기신다. 60~70년대의 시골 정경을 옮겨놓은 듯한 시각적이고 청각적인 그림이다.

 잊힌 기억에서 불러온 듯한 이러한 묘사에는 사실 특별할 것이 없다. 다만 어머니와 관련된 작은 이미지 하나에도 사무치는 그리움을 실어서 놓쳐버린 자신을 반성하는 시간을 갖는다는 점에서 짚어보아야 할 것이다. 첫 시조집 작품 해설에서 밝혀놓았듯이 일찍 아버지를 조국에 바친 김덕남에게 어머니의 존재는 각별했으리라 짐작이 된다. 어쩌면 분신과도 같았던 어머니마저 떠나보낸 심정이야 오죽했으랴. 다만 여기서는 돌이킬 수 없는 과거와 다가올 미래의 경계선에서 자신의 좌표를 확인함으로써 다가올 미래에 대한 다짐을 하게 된다.

 직접적으로 어머니를 소재로 쓴 작품은 아니지만 또

다른 모성애가 드러난 작품도 같은 맥락에서 읽힌다.

아가야, 저 하늘의 별빛마저 글썽인다

신이 준 숨소리를 너울 속에 묻어놓고

퉁퉁 분 젖무덤 틈으로 헛젖이 새고 있다

자맥질 공중제비 너와 함께 하려던 꿈

빙벽에 부딪히다 거품으로 밀려온다

슬픔의 바깥쪽으로 너를 가만 보낸다
　　－「슬픈 여행」 전문

　주에서 밝혔듯이 숨진 새끼를 자신의 콧등에 올려놓은
범고래가 보름 동안이나 바다를 헤매고 있는 2018년 8월
어느 날의 텔레비전 뉴스를 근거로 쓴 「슬픈 여행」 전문
이다. 화자는 지금 숨진 새끼를 차마 보내지 못하는 어미
고래가 된다. 그리고 보름씩이나 콧등에 올려놓고 바다

를 헤매고 다니는 고래보다 더 오래 연민의 끈을 놓지 못하고 있다. 그도 생명성의 근원인 어머니이기 때문이다.

이 같은 작품은 굳이 표현이 개성적인가, 격조 높은 완성도를 지녔는가 하는 물음으로 접근할 필요도 없다. 전달되는 메시지만으로도 글쓴이의 심경을 느낄 수 있고 품성을 헤아릴 수 있기 때문이다. 그만큼 어머니의 마음에는 사랑과 근심과 걱정과 희망이 무한정으로 저장되어 있다.

3

김덕남의 모든 작품의 시작은 어머니의 마음에서 비롯되고 어머니의 마음으로 마무리되고 있다. 말할 나위도 없이 그 어머니의 마음을 구성하는 핵심 요소는 사랑이다. 그런데 문제는 그 사랑의 본질을 실천하는 행위의 가변성 또한 당연하다는 점이다. 마른 대지를 촉촉이 적셔주는 봄비도 사랑이요, 강을 범람시키는 폭우도 자정을 유지하는 사랑의 또 다른 모습이기 때문이다. 같은 물이라도 마른 목을 축여주기도 하지만 생명을 썩게도 한다. 같은 불이라도 언 손을 녹여주는 따스한 이미지도 있고 활활 태워서 소멸에 이르게 하는 불도 있다. 마찬가지로 사랑의 각기 다른 모습일 뿐이다.

그 같은 사랑의 보다 적극적인 방편으로 김덕남이 선택한 장소 가운데 하나가 지나간 시간의 현장에서의 성찰이다.

　　한 시대 몸을 던져 어둠을 걷어내듯
　　시퍼렇게 날이 선 심지 하나 품은 채
　　알알이 뛰어내리는 사초 속의 등불이다

　　깃털 같은 목숨에도 가슴은 천근만근
　　감싸 맸던 울음 풀면 어느 강에 넘치려나
　　금이 간 밑동을 뚫고 벼린 붓이 솟는다

　　붉은 획 내리그은 절명시가 저러할까
　　한목숨 뒤흔드는 외곬의 바람 앞에
　　파란도 만장도 아닌 결기 하나 꽂는다
　　　　－「자계서원 은행나무」 전문

　주에서 밝힌 대로 자계서원은 경북 청도에 있는 것으로, 무오사화로 극형을 당한 탁영 김일손을 추모하고 그의 학문과 덕행을 기리기 위해 세운 서원이다. '자계紫溪'

는 무오사화로 김일손이 화를 입자 서원 앞을 흐르는 냇물이 3일 동안 붉게 변한 채 흘렀다는 데서 유래하여 서원 이름도 자계서원이라 짓고 현종조에 가서는 사액을 받아 사액서원이 되었다.

시인은 지금 자계서원에서 스승 김종직이 지은 「조의제문」을 사초에 실었다는 구실로 훈구파에 참형을 당한 김일손 선생을 만나고 있다. 게다가 탁영 선생이 직접 심었다는 은행나무 앞에 한 걸음 더 다가서서 "한 시대 몸을 던져 어둠을 걷어내듯/ 시퍼렇게 날이 선 심지 하나 품은 채/ 알알이 뛰어내리는 사초 속의 등불"을 만난다. 그리하여 "금이 간 밑동을 뚫고 벼린 붓"으로 솟아오르는 정의와 진실의 의미를 되새긴다. 스승이 말하는 진실과 그것을 사초에 남기는 것이 식자의 필연적인 책무라는 소신 앞에 비겁하지 않으려고 감행한 행동이 죽음에 이르는 죄가 될 줄 누가 알았겠는가. 또 그것을 빌미로 정적을 제거하고 움켜쥔 권력은 누구를 위하여, 무엇에 쓰였던가.

오랜 시간의 사색 끝에 화자가 내린 결론은 한 그루 은행나무로 서서 "붉은 획 내리그은 절명시"처럼 "결기 하나" 품었다가 그가 사랑한 이 땅에 꽂고 있는 사실의 전달이다. 은행나무를 읽은 시인의 분노와 안타까움이 행간 가득 스민 작품이다.

멧비둘기 애끓어도 꽃길은 말이 없다
눈썹이 지워지니 뿌리조차 돌아선 길
꽃대궁 높이 올려서 달을 맞고 싶었는데

끌려온 수술대 위 손발이 묶였구나
생잠이 칼날 아래 하얗게 질린 동공
달 한쪽 잘려 나가네
꽃스물이 찢기네

가랑이 사이에선 핏물보다 진한 눈물
홈통을 타고 내려 섬 하나가 다 젖는다
달맞이 낮달맞이꽃 저 혼자서 여위네
　　－「낮달맞이꽃 － 소록도 단종대斷種臺를 보며」 전문

'소록도 단종대를 보며'라는 부제에서도 알 수 있듯이
숨기고 싶은 역사 읽기의 현장시이다. 모양이 어린 사슴
을 닮았다고 해서 이름 붙여진 소록도는 전남 고흥반도
의 끝에서 보이는 작은 섬이다. 이 섬은 한센병 환자를 위
한 국립소록도병원이 들어서 있는 섬으로 유명하다. 국
립소록도병원은 일제강점기인 1916년 설립된 소록도 자

혜의원에서 시작되는데, 이 병원은 당시 조선 내의 유일한 한센병 전문 의원이었다. 이 섬에는 1936년부터 3년에 걸쳐 강제 동원된 환자들에 의해 조성된 6천 평 규모의 중앙공원이 있는데 지금도 공원 안에는 그들이 직접 가꾼 갖가지 모양의 수목들이 남아있어 보는 이의 가슴을 저미게 한다.

　바로 이 공원 입구에는 일제 때의 원장이 한센병 환자들을 불법감금하고 출감하는 날에는 예외 없이 강제로 정관수술을 시행했던 감금실과 단종대가 있다. 한센병을 유전병으로 생각한 일본인들은 한센 환우들끼리 자녀를 낳지 못하도록 결혼 전에 반드시 정관수술을 받게 했던 것이다. 단종대로 끌려가면 가로질러 놓은 나무에 못을 박은 채 움직이지 못하게 한 뒤, 마취도 없이 생살을 찢어 남자를 단종시켰다고 한다.

　화자는 지금 이 땅의 어머니로서 억울하게 희생된 조선의 수많은 아들들을 생각하며 절통하고 애끓는 시간을 함께하고 있다. "꽃대궁 높이 올려서 달을 맞고 싶었"던 조선의 꿈과 "끌려온 수술대 위 손발이 묶"인 채 "생잡이 칼날 아래 하얗게 질린 동공" 앞에서 애써 울분을 삼킨다. 하지만 겉으로 통곡한다거나 격분하는 대신 스스로 역사의 진실에 손을 얹고 위로와 용서의 기회를 독자들과 공

유한다. 화자로서는 다만 "가랑이 사이에선 핏물보다 진한 눈물/ 홈통을 타고 내려 섬 하나가 다 젖는" 시간 "낮달 맞이꽃 저 혼자서 여위"는 현장을 전하면서 독자들에게 순리와 이치를 위탁할 따름이다.

그림자 나를 따라 해시계를 도는 사이
남천의 물결 위로 한세상 흘러간다
전생의 약속이었나, 꿈꾸듯이 오시던

풍덩 빠진 그 사랑에 나도 그만 첨벙했네
팽팽한 현을 골라 아들 하나 낳고 싶던
월정교 난간대 위로 달이 뜨는 저 소리

손가락 끝 보지 마라, 달을 보라 이르시던
시간을 질러가도 가는 길 아득하여
휘영청 월성을 돌아 천년토록 걷는다
　　-「월정교를 걷다」전문

이 작품은 원효 스님과 요석공주의 초월적 사랑에 대한 의미를 헤아리는 역사 현장에서의 사념이 중심이다.
『삼국유사』에는 원효가 지었다고 전해지는 한시 「몰부

가沒斧歌」가 있는데 그 내용은 "누가 자루 없는 도끼를 주려나/ 나는 하늘을 떠받치는 기둥을 깎으려네誰許沒柯斧 我斫支天柱"로 되어있다. 원효는 이 노래를 퍼뜨림으로써 태종 무열왕의 귀에 들어가게 하고는 과부가 된 요석공주의 요석궁으로 가는 월정교에 빠져서 기어이 뜻을 이루게 된다. 그렇게 보낸 하룻밤으로 신라 최고의 대학자 설총의 탄생을 보았던 것이다.

그의 신분은 스님이었다. 정법의 입장으로는 이해할 수 없는 행동거지가 아닐 수 없었다. 하지만 그는 이미 의상과 함께 오른 당나라 유학길에서 소위 '해골바가지에 고인 물'로 대각大覺을 이루고 신라로 돌아온 뒤였기에 세상의 비웃음 따위에는 흔들림이 없었다. 오히려 더욱 대중 속으로 파고들어 귀족들의 불교를 민중의 불교로 만드는 필생의 노력을 보였던 것이다.

일심一心과 화쟁和諍과 무애無碍의 실천 수행자 원효의 의도된 실족과 요석공주와의 만남을 이끌어낸 월정교를 걸으면서 시인은 지금 이성적 판단과 감성적 실천 사이에 가로놓인 수행의 최종 목적지를 가늠해 보고 있다. 자유로운 영혼의 통찰로 점철된 한 구도자의 선택이 남기고 간 물음에 사로잡힌 채 말이다.

같은 맥락의 역사 현장이면서 전혀 다른 시적 동기와

메시지를 지닌 다음과 같은 작품도 있다.

아슬한 바위에서 남자가 웃고 있다

과거의 빛을 따라 본처가 웃고 있다

미래의 반가사유로 애첩이 웃고 있다

짱돌을 던질까 말까 본처의 웃음 속에

볼우물 용용대는 애첩의 웃음 속에

좋은 게 다 좋으니라 그 남자의 웃음 속
　-「서산마애삼존불 이야기」 전문

　이 작품은 분명 국보 제84호 충남 서산의 마애삼존불을 소재로 하고 있다. 소위 '백제의 미소'라고 불릴 정도로 단아하고 기품 있는 미소와 온화하면서도 유연한 조각미가 돋보이는 백제의 불상이다. 그러나 여기서는 주존인 석가여래와 제화갈라보살과 미륵보살을 좌우 협시로 앉힌 제작의 의의나 목적과 아주 다른 각도에서 접근

하고 있다.

주존인 남자는 그렇다 하더라도 제화갈라보살이 본처로 치환되어 웃고 미륵보살이 애첩으로 웃고 있다니 상식적으로는 여간 불경스러운 설정이 아니다. 제화갈라보살이 누구던가. 과거세에 부처가 수행을 하고 있을 때 자신의 머리카락을 진흙길에 깔아 발에 흙이 묻지 않게 지나가도록 하고 연꽃으로 공양했다던 과거불 가운데 하나인 연등불이 아니던가. 제화갈라보살은 바로 그 연등불이 부처가 되기 전 수행자의 다른 이름이다. 미륵보살은 또 어떤 존재인가. 이미 부처의 경지에 올랐음에도 미래 세계에 현신하여 중생을 구제하겠다고 서원한 미래불의 상징이다. 이들이 여기서는 서로 탐탁지 못한 인연의 사슬에 묶인 본처와 애첩으로 분한 것이다.

그런데 화자는 여기서 기묘한 해답을 발견한다. '분별지를 가지지 말라'는 부처의 가르침대로 '개시개비皆是皆非'의 실천이다. "짱돌을 던질까 말까 본처의 웃음"도 "볼우물 용용대는 애첩의 웃음"도 이미 다 꿰뚫어 보고 있음이니 그저 "좋은 게 다 좋으니라"고 환하게 웃는 남자의 모습이야말로 부처의 마음이 아니겠는가. 하기야 불상이니 마애불이니 하고 조성하는 목적이 불성을 전달하는 하나의 수단이요, 방편임을 생각하면 그 해석은 보는 이의 뜻이다. 역설에 숨겨놓은 김덕남의 믿음의 깊이가 엿보이는 작품이다.

이 밖에도 중앙아시아 황무지로 강제이주당한 고려인들의 한을 그린 「모자를 벗다 – 라즈돌노예역에서」, 조선 건국을 반대하고 두문동에 은거한 고려 유신 72명이 마을에 불을 질러도 나오지 않고 모두 타 죽은 충절을 그린 「돌강」 등 김덕남의 남다른 역사 읽기가 이번 시조집의 또 다른 깊이를 더해주고 있다.

4

이번 김덕남 시조집에서 또 하나 관심을 끄는 주제는 삶의 희망과 현실적 한계에 대한 고민과 진단적 접근이다. 지금의 시대는 산업화를 통한 고속 성장이 진행되면서 상대적 빈곤과 박탈감을 느끼는 구성원이 늘어나는 추세이다. 소위 문명의 이기라고 치부되는 다양한 병폐들로 21세기의 생존 환경이 날로 열악해지고 있기 때문이다. 사회는 평등과 기회의 균등을 주장하지만 같은 공부를 하고 같은 일을 했음에도 그 평가와 보상은 천차만별이다. 남녀 간에 다르고 직종 간에 다르고 지역 간에 다르다. 따라서 상대적 박탈감으로 인한 마음의 상처 또한 그만큼 만연하기 마련이다. 문제는 좀처럼 개선하기 어려운 이러한 실증을 본인들도 모두 알고 있다는 사실이다. 다양한 기회와 넘쳐나는 정보를 통한 비교가 이들을 더욱 벼랑 끝으로 내몰고 있다.

김덕남이 관찰한 산업의 변동성에 따른 해고와 대량 실직, 시대적 가변성에 능동적으로 대처하지 못한 직업적 선택, 무리한 욕망과 난개발에 따른 자연재해, 보호받지 못하는 이데올로기의 희생자들, 그 혼란의 격랑 가운데「거울 속 남자」도 섞여있다.

병목을 거머쥐고 그네가 들썩인다
날 수도 내릴 수도 외줄은 길이 없어
명치끝 시린 절망을 바닥에다 쏟는다

말끔한 출근길에 인사도 깔끔하던
간간이 휘파람도 승강기를 타고 내려
거울 속 마주친 눈길 목련처럼 환했다

실직일까 실연일까 등이라도 쓸어줄걸
맥없이 주저앉은 무릎 저린 시간 앞에
연초록 바람 한 잎이 어깨 위를 감싼다

－「거울 속 남자」전문

이번 시조집의 표제작이다. 아마도 이즈음 김덕남의 주된 관심사 가운데 실직이라는 상황이 강하게 각인된 탓이리라 여겨진다. 정년으로 퇴직할 때까지 직장인으로 살아온 그였기에 "맥없이 주저앉"아 "병목을 거머쥐고" "들썩"이는 "그네"가 남달라 보였을 수도 있다. 바로 "그네"가 이 땅의 내일을 짊어지고 나갈 에너지의 발원지라는 점에서 안타까움이 그의 눈길을 사로잡은 것이다.

한때는 "말끔한 출근길에 인사도 깔끔하던", "거울 속 마주친 눈길"이 "목련처럼 환했"던 조국의 젊음이 아니었던가. "간간이 휘파람도" 불면서 함께 "승강기를 타고 내"리던 "그네"였기에 마치 자신의 일처럼 상심해 하고 있다. "실직일까 실연일까" 궁금하기도 하고 "등이라도 쓸어줄걸" 하는 저어함도 아무런 소용이 없다. 하지만 아무리 힘겨운 시련이라도 딛고 일어서는 데 삶의 가치가 있는 것이 아니겠는가. 마음으로만 박수하고 응원의 몸짓을 취할 뿐 함부로 나설 수 없는 것은 "그네"의 무안함에 대한 작은 배려 때문이다.

하는 수 없이 김덕남은 자연을 통한 순리의 처방을 선택한다. 그것은 바람이었다. "맥없이 주저앉은 무릎 저린

123

시간 앞에/ 연초록 바람 한 잎이 어깨 위를 감"싸는 것으로 스스로 일어서는 자정의 힘을 불어넣고 있다. 격한 격려나 허접스러운 눈물보다 자신에게 잠재되어 있는 자정 능력과 그 힘을 부여한 자연의 기운을 통해 스스로 일어서게 하고자 하는 김덕남식의 사랑법인 것이다.

진보나 보수 따윈

밥그릇이 아니다

컵라면 면발 위로

추락하는 빗방울들

바닥을

허우적이다

끼니가

새고 있다

−「재하청」전문

　'재하청'이란 원청업체로부터 하청받은 일을 다시 다른 업체에 하청을 주는 행위를 이르는 말이다. 물론 자본 경제의 논리로 보면 합법의 테두리 안에서는 이익이 실현되는 모든 일들이 가능하다. 문제는 자신이 일을 하겠다고 계약을 한 사업임에도 약간의 이익을 공제하고 다시 거듭되는 하청의 수순을 밟아가다 보면 품질이 불량해지거나 노무자들의 임금이 줄어들 개연성이 그만큼 커지는 결과를 낳는다는 것이다.

　이런 직종에 관계하지도 않은 시인으로서는 지극히 생소한 단어임에도 아예 제목으로 올렸다. 이런 행위에 대한 부당함을 노골적으로 지적하고 있는 것이다. 그리고 짧은 단시조지만 어조 또한 비교적 강하다. 초장부터 "진보나 보수 따위/ 밥그릇이 아니다"라는 말로 여유로운 사람들의 이념 논쟁에 대한 소신을 밝히고 "밥그릇"이 상징하는 생존의 절박함을 전제하고 있다. 재하청을 받아서 현장에 투입된 인력들은 비교적 낮은 임금을 받을 수밖에 없다. 시간에 쫓기고 돈을 걱정하다 보면 공사 현장에서는 "추락하는 빗방울"을 맞으면서 먹는 "컵라면" 식사가 다반사다.

사실 사회를 구성하고 정부를 조직하는 일은 구성원들의 생존을 보호하기 위한 방편의 하나다. 그러한 공익을 위하여 일정한 질서를 만들고 조직원들의 합의를 강요하게 된다. 그런데 실상은 자신의 이익을 위하여 사회적 합의나 규범적 프레임을 악용하는 사례가 빈번하다. 그 악용의 사례 가운데는 '재하청'이 포함된다. 재하청 노동자들은 "바닥을/ 허우적이"는 일상을 지속하지만 '재하청'이라는 프레임에 갇혀 "끼니가/ 새고 있"는 현장을 벗어날 수가 없다. 목소리를 낮추면서도 울림이 큰 시사고발성 작품이다.

5

김덕남의 이번 시집에는 어머니라는 이름의 원초적 사랑과 반성적 역사 읽기, 소외받는 이웃들에 대한 연민 이외에도 자아실현을 향한 자신의 실천 행동이 다양하게 행간을 장식하고 있다.

천방지축 뿌려놓은 명함이 궁금하다

누군가 밟고 간 뒤 어디로 쏠렸을까

명함 속 이름 부르며 상류 찾아 나선다

텅 비운 두 손으로 얼룩을 씻어본다

문질러 헹굴수록 자모字母만 헝클린 채

그토록 닿고자 했던 나의 상류는 없었다
 -「이름을 씻다」전문

 사회적 교류 기회가 빈번한 오늘날이고 보면 자신을
알리기 위한 보다 효과적인 이름쪽지를 만들어 다닌다.
이름하여 '명함'이 되겠는데, 여기에는 이름과 연락처와
직업 따위를 기록하여 상대에게 각인시킬 도안이나 방점
을 부가하기도 한다. 지금 이 작품에서는 자신을 알리기
위하여 뿌리고 다닌 명함의 이름을 세탁물로 삼았다. 자
신의 이름 알리기 수단으로 자신이 만들어서 건네준 명
함에 대해 자해성 반성을 하고 있는 것이다.
 이름은 개인의 독자성을 부여하고 개인을 대변하며 개
인을 상징하기 마련이다. 그 이름쪽지인 명함을 남에게

권한다는 것은 자신을 알리고자 하는 목적을 띤다. 다분
히 욕심이 개입된다. 그 욕심이 과할 때는 "천방지축 뿌려
놓"기도 했지만 지나와 생각해 보면 그렇게 뿌려진 "명함
이 궁금하"게 느껴질 때가 있다. 더러는 "누군가 밟고 간
뒤 어디로 쓸렸을" 것이고 어쩌다 한두 장은 명함꽂이에
꽂혀있을 것이다. 삶의 하류에 서서 그 "명함 속 이름 부
르며 상류 찾아 나선" 것이다. 물론 자성을 회복하고자 하
는 노력의 일환이다.

"텅 비운 두 손으로 얼룩을 씻어"보고 "문질러 헹굴수
록 자모만 헝클린 채/ 그토록 닿고자 했던 나의 상류는"
이미 모습을 감춘 뒤였다. 늦었지만 부질없는 욕망으로
남에게 자신의 존재를 각인시키고자 했던 지난날들을 이
제는 씻어낼 수도 없는 노릇이다. 이 작품의 관점은 자기
반성의 진정성을 고려해서 그 어떤 권유나 충고도 덧붙
이지 않았다는 점이다.

이 같은 자기반성을 통해서 더러는 이 시대에 필요한
주목할 기준치를 세우기도 하고 상대에 따라서는 원초적
고독의 속내를 내비치기도 한다.

아슬한 물방울이 암반에 홈을 파듯

적벽의 소나무가 **바위를 쪼개내듯**

결박된 봉두난발이 한 시대를 깨우듯
－「협객을 기다리다」전문

뾰족한
내 안을
두드리고 두드리다

물마루
딛고 선 듯
발 구르며 우는 뜻은

당신께
접안치 못한
치사량의
내 눈물
－「몽돌」전문

두 편 모두 단시조지만 메시지가 선명하다. 「협객을 기
다리다」는 제목에서부터 내밀한 심중의 이중 포석을 겨

냥한다. 그리고 그가 기다리는 '협객'을 "암반에 홈을 파"는 "아슬한 물방울"과 "바위를 쪼개"는 "적벽의 소나무"로 특정하여 소신의 일단을 전제했다. 그렇다면 그 같은 협객에게 기대하는 조처는 어떤 것인가. 바로 종장에서 밝힌 대로 "한 시대를 깨우"는 역할이다. 여기에는 그가 진단하는 현실은 아직도 잠에서 깨어나지 못한 잠 속에서의 꿈결과 다르지 않다는 의미가 내포되어 있다. 그리하여 기다리던 협객이 와서 한 시대의 잠을 깨워주기를 소망하고 있는 것이다. 물론 시대를 깨우는 그 협객을 "결박된 봉두난발"로 규정한 표현이 가독성을 방해하지만 난삽한 시대상에 대한 비유로 바라봄직하다. 분명한 것은 김덕남의 가치관의 일단이다.

「몽돌」 또한 시인이 겨냥한 은유의 깊이가 만만치 않다. 시적 화자, 즉 김덕남은 수억만 년 시간의 흐름 위에서 긁히고 깨어지기를 수수만 번, "뾰족한/ 내 안을/ 두드리고 두드리다" 어느 강의 하류거나 바닷가에 떠밀려 온 몽돌이다. 자신의 힘으로 일어서지 못하고 물살에 강약에 따라 "발 구르며 우는 뜻"이 있으니 "당신께/ 접안치 못한" 아쉬움과 숨길 수 없는 절망감이다. 그리고 솔직히 이 상황을 벗어나지 못하는 "치사량의/ 내 눈물"과 견주어 놓았다. 다분히 '몽돌'에게서 숨겨온 자신의 감성적 그

림자를 발견한 것이다. 뜨거운 가슴과 지나간 깊고 깊은
열정의 시간들.

'몽돌'이 있기까지의 과정은 무위無爲에 따른 자연의 섭
리다. 그러나 그것을 바라보고 자신의 감정을 이입하는
행위는 전형적인 유위有爲의 모습이다. 인간 세상에서는
유위가 무위를 닮아갈 뿐 무위가 유위를 비교하지 않는
다. 이 작품에서는 몽돌이 지닌 무위의 시간보다 몽돌에
게서 발견한 자신의 유위에 무게를 두었다.

6

김덕남의 제3 시조집『거울 속 남자』에는 이 밖에도 뜨
거운 열정이 엿보이는 많은 작품들이 있었지만 일일이
언급하지 못했다. 그의 시편들 속에는 오랫동안 표출해
내지 못한 감성의 응어리들이 행간마다 자리 잡고 있다.
한마디로 요약하기 어려운 그리움이 있고 시간에 대한
책임감이 있고 지역에 대한 긍지가 곧 그것이다. 그의 작
품에 관한 한 모성애를 지니면서도 사회의 정의를 재단
하는 눈길은 일견 남성적인 면모를 보이기도 한다.

그의 소재를 달리하는 다양한 관심과 탐구정신은 다변
화해 가는 시대의식과의 조우 앞에서 때로는 공감으로,

때로는 채찍으로 형이상적 해법을 찾는다. 자성을 찾고 초심을 지키기 위하여 모성애로 자리매김하고, 자만하지 않으려고 역사에 길을 물었다. 그래도 외면할 수 없는 불가항력의 현실 앞에서는 비겁하지 않으려고 진실의 편에 섰다. 시적 경륜에 비추어 보면 괄목할 만한 성과가 아닐 수 없다.

아무리 남다른 열정의 소유자라 하더라도 노독은 쌓이기 마련이고 명편의 탄생에는 사고의 거듭나기가 필요하다. 이제 남은 일은 자신의 체험적 가치를 바탕으로 한 자신감 넘치는 처방에 집중하는 일이다.